Toda palavra

Viviane Mosé

Toda palavra

EDITORA RECORD
RIO DE JANEIRO • SÃO PAULO

2006

Capa Evelyn Grumach

Projeto gráfico Evelyn Grumach e Manuela Roitman

Foto Cristina Lacerda

CIP-Brasil. Catalogação-na-fonte

Sindicato Nacional dos Editores de Livros, RJ

Mosé, Viviane

M867t Toda Palavra / Viviane Mosé. – Rio de Janeiro:

Record, 2006.

1. Poesia brasileira. - I. Título.

CDD 869.91

06-1337 CDU 821.134.3(81)-1

3ª edição (1ª edição Record)

EDITORA RECORD LTDA.
Rua Argentina 171, Rio de Janeiro, RJ 20921-380
Tel 2585-2000

Impresso no Brasil

ISBN 85-01-07627-9

Pedidos pelo reembolso postal
Caixa Postal 23.052
Rio de Janeiro, RJ 20922-970

A meus pais
e a Cristina Campos Gomes
(*in memoriam*)

"Eu preciso dessas palavras. Escrita."

Arthur Bispo do Rosário

Sumário

A palavra palavra

Palavra

Palavra nasce no corpo.
Também brota do chão.
Cria raiz e folha e respira.

Na lama palavra ganha antiguidade de pedra.
No varal renova porque perde vício de terra.
Palavra floresce em precipício.
Palavra precisa de adubo de passarinho.

Lavoura

Magnólia é o nome do sabonete que ficou
em mim sem cheiro.
Procuro o cheiro dos nomes que se perdeu.
Ando muito ocupada.
As portas de minha casa quase sempre fechadas
e palavras magras esparramadas pelos tapetes.
Ando ocupada rastreando pistas.
Deitada ao sabor dos nomes que vêm.
Como um campo de palavras plantado
lavouro em silêncio.
O adubo de palavras mortas prepara palavras novas.

Toda palavra

Para Chacal

Procuro uma palavra que me salve.
Pode ser uma palavra verbo,
uma palavra vespa, uma palavra casta.
Pode ser uma palavra dura, sem carinho.
Ou palavra muda,
molhada de suor no esforço da terra não lavrada.
Não ligo se ela vem suja, mal lavada.
Procuro uma coisa qualquer que saia soada do nada.
Eu imploro pelos verbos que tanto humilhei
e reconsidero minha posição em relação aos adjetivos.
Penso em quanta fadiga me dava
o excesso de frases desalinhadas em meu ouvido.
Hoje imploro uma fala escrita,
não pode ser cantada.
Preciso de uma palavra letra

grifada grafia no papel.
Uma palavra como um porto, um mar, um prado,
um campo minado, um contorno.
Carrossel cavalo pente quebrado véu
                    mariscos muralhas manivelas navalhas.
Eu preciso do escarcéu soletrado.
Preciso daquilo que havia negado.
E mesmo tendo medo de algumas palavras,
preciso da palavra medo como preciso da palavra morte,
que é uma palavra triste.
Toda palavra deve ser anunciada e ouvida.
Nunca mais o desprezo por coisas mal ditas.
Toda palavra é bem dita e bem-vinda.

Crepúsculo

O silêncio não quer ser sozinho então ele fala.
Quem escreve ouve porque cala.
Quem escreve escava
O que o silêncio palavra.

Primeira vez

A primeira vez que vi a palavra instantâneo
foi na lata de leite em pó.
Quando Helena se afogou no rio
disseram que foi instantâneo.
Não entendia o que o afogamento de Helena
tinha a ver com leite em pó.
Agora entendo.

Intervaler

Escrever é conjugar intervalos.
Escrevo porque caio.

(nem isto nem aquilo,
sofro do gosto pelas pontes
e cordas bambas;
não que seja bom
mas é o que seja)

Ou não

Escrever pode ser arrancar espinho do pé.
Desfolhar desfiar desfazer os nós.
Escrever pode ser tentar curar.
Pode ser bordar ou tecer.
Pode ser cavar.
Escrever pode ser colocar pra quarar.
Pode ser querer cuidar do que não cura.
Pode ser alívio, pode ser auxílio.
Escrever pode ser um mantra.
Ou pode ser um muro.
Pode ser um fosso.
Pode ser vazão.
Escrever pode ser certo
Ou não.
Pode ser engano.

Pode ser um dano, um coice,
Um prego enferrujado, uma porta.
Uma esquina encruzilhada.
Uma porrada.
Escrever pode ser um vício.

Revelação

Eu queria dizer uma coisa que eu não posso sair dizendo por aí.
É um segredo que eu guardo, é uma revelação
Que eu não posso sair dizendo por aí.
É que eu tenho medo de que as pessoas se desequilibrem
delas mesmas.
Que elas caiam quando eu disser.
É que eu descobri que a palavra não sabe o que diz.
A palavra delira. A palavra diz qualquer coisa.
A verdade é que a palavra, ela mesma, em si própria,
não diz nada.
Quem diz é o acordo estabelecido entre quem fala
e quem ouve.
Quando existe acordo existe comunicação,
Mas quando este acordo se quebra ninguém diz mais nada,
Mesmo usando as mesmas palavras.

E você?

A palavra é uma roupa que a gente veste.
Uns gostam de palavras curtas.
Outros usam roupa em excesso.
Existem os que jogam palavra fora.
Pior são os que a usam em desalinho.
Alguns usam palavras caras.
Poucos ostentam palavras raras.
Tem quem nunca troca.
Tem quem usa a dos outros.
A maioria não sabe o que veste.
Alguns sabem e fingem que não.
E tem quem nunca usa a roupa certa pra ocasião.
Tem os que se ajeitam bem com poucas peças.
Outros se enrolam em um vocabulário de muitas.
Tem gente que estraga tudo que usa.
E você, com quais palavras você se despe?

Receita pra lavar palavra suja

Mergulhar a palavra suja em água sanitária.
Depois de dois dias de molho quarar ao sol do meio-dia.
Algumas palavras, quando alvejadas ao sol,
adquirem consistência de certeza,
por exemplo, a palavra vida.
Existem outras, e a palavra amor é uma delas,
que são muito encardidas e desgastadas pelo uso,
o que recomenda esfregar e bater insistentemente na pedra,
depois enxaguar em água corrente.
São poucas as que ainda permanecem sujas
depois de submetidas a esses cuidados,
mas existem aquelas.
Dizem que limão e sal tira as manchas mais difíceis.
Mas todas as tentativas de lavar a piedade
foram sempre em vão.

Mas nunca vi palavra tão suja como perda.
Perda e morte, à medida que são alvejadas,
soltam um líquido corrosivo
— que atende pelo nome de amargura —
capaz de esvaziar o vigor da língua.
Nesse caso o aconselhado é mantê-las sempre de molho,
em um amaciante de boa qualidade.
Agora se o que você quer
é somente aliviar as palavras do uso diário,
pode usar simplesmente sabão em pó e máquina de lavar.
O perigo aqui é misturar palavras que mancham
no contato umas com as outras.
A culpa, por exemplo,
mancha tudo que encontra
e deve ser sempre alvejada sozinha.
Outra mistura pouco aconselhada é amizade e desejo.
Desejo, sendo uma palavra intensa, quase agressiva,
pode, o que não é inevitável,
esgarçar a força delicada da palavra amizade.
Já a palavra força cai bem em qualquer mistura.
Outro cuidado importante é não lavar demais as palavras
sob o risco de perderem o sentido.
A sujeirinha cotidiana quando não é excessiva
produz uma oleosidade que conserva a cor
e a intensidade dos sons.
Muito valioso na arte de lavar palavras

é saber reconhecer uma palavra limpa.
Para isso conviva com a palavra durante alguns dias.
Deixe que se misture em seus gestos,
que passeie pelas expressões dos seus sentidos.
À noite permita que se deite,
não a seu lado mas sobre seu corpo.
Enquanto você dorme,
a palavra, plantada em sua carne,
prolifera em toda sua possibilidade.
Se puder suportar a convivência,
até não mais perceber a presença dela,
então você tem uma palavra limpa.
Uma palavra limpa é uma palavra possível.

Poema

Sapos e lesmas e Marias de Lourdes
Se aninham entre poros,
Em estado de gente,
Em estado de força
E de coisa.

O corpo conjuga o verbo palavra.

Enxame de vespas

Para Manoel de Barros

I

Solidão é Almira criada como filha
Carregando uma gamela de vasilhas
Pra arear na beira do rio

II

Destino é tudo que corre parado
Ao mesmo tempo rio e lago
Pássaro ancorado em chão

III

Locomotivas são destinos por onde ventam os céus
e as coisas

IV

Aurora é cheiro de café e neblina
Ao redor da cerca que guarda os bois

V

Poesia são muitas pessoas sentadas
Uma
Em cima
Da outra
Num mesmo banco

Sem incômodos nem sobras nem espantos nem dúvidas

VI

Ternura é um descascador de laranja e de batata
E de tudo que tem casca

VII

Saudade é uma espécie de velhice (Guimarães Rosa)

VIII

Ausência é quando nada serve

IX

Pessoa são tijolos sem argamassa
Que se equilibram em harmonia duvidosa

X

Escrever é costurar ausências
Exercitar o espaço vazio

XI

Palavra é música que morde

XII

Vespa é plural de palavra

XIII

Lembrança é sobra em enxame de vespas

Reflexões de uma locomotiva

A neblina cobre os vales enquanto o sol subtrai a noite anunciando as marcas de um dia. Quisera findar como os vivos. Por montes vazados vagueio sob o lume das noites ao vento. Vaga-lumes são estrelas aladas, são fadas desfilando em meu leito.

Como um rio corro em riste, encachoeirado, às vezes lago ou represa. Vejo pedras, vejo filhos, estações, poeiras, vejo mães. Tenho único trajeto, tenho trilhos. Invejo pássaros, insetos e bichos, não corro riscos. Meus pés agarrados ao ferro batido atam-me ao retorno eterno. Volto sempre e não morro. Às vezes corro, acelero meu peito e parto entre vales, montanhas. Aumento ainda mais meu grito, anunciando uma largada que não tarda a partir. Me vejo alegre com as cores das pessoas acenando lenços, crianças brincando entre vagões. Corro atrás de um tempo que não existe para mim.

O tempo não existe onde não cabe o risco. E justiça não há nesse mundo. Apareço como sonho de um homem e tardo como resto perdido, pedaços de átomos jungidos, atormentados por uma consciência. Cruel divertimento de um deus humano, padeço da dor de não ser mais do que um corpo, carregando um esboço de alma.

Entre gestos

São espaços entre pêlos
entre horas entre gestos.
São espaços entre ruas
entre restos.
São espaços sobre espaços.
A matéria são buracos.
O corpo é vento condensado.

Para Rosa

I

Dia desses desembestei a descoser o palavriado que havia nos cantos da boca, a raspar remela da língua. Engasturei. Ruidezas tomaram tento. Palavréu desengonçado que dava gosto. Errematei cacareco em leilão de quinquilharia e deitada em lombo de sílaba saí a vaguear pelas folhas de papel. Gente ia saindo com nome e tudo nem sei donde: Leontina, Everardo e Mirte, que morava na esquina onde balearo o padre. E o finado Tenório num fazimento de errança que cruz credo. Benza deus de onde saíro essas coisidade toda? Gente que brota como capim. Arreguei na marge num desgovernamento: num sabia se dava lastro ao que mordia na isca da falança ou se encurtava rédea dessa feitura desmazelada. Arredei. Até que sentença assoprada foi enrodilhando e disse: na vida num dianta fobamento, nem teimusia, vai, vai, que deus avia.

II

Quando a lua é muito grande e a noite muito escura e o lugar é muito, muito alto, o céu vaza em luz, o céu derrama em brilho, nas folhas, nas águas dos rios e no cabelo da gente.

III

Dona Alzira que eu mesma conheci era pessoa cheia de palpite. Ficava assuntando miudeza. Não a de vida de gente, de modo a desdizer o alheio. Mas miudeza pequena mesmo, da que não se pode apalpar. Como o que havia no olhamento dos cavalos de modo a ser tão aprimorado a gente. Dona Alzira era de manhãzinha, prima do sol neblinado e fresco. Aos oitenta ainda era lisinha por dentro.

IV

O mar não corre, o mar balança nele mesmo. Rio não, rio é como criança pequena. Corre, se machuca nas pedras, fica sujo, fica limpo. Rio não pára, rio morre e nasce de novo como o dia. Rio é maior que mar. Mar não corre riscos. Mar é guloso. Rio não, rio é curioso como gente.

V

Uma prosa perda uma prosa prata uma prosa parda
uma prosa perto
uma prosa prosa uma rosa prosa uma
Rosa

Meninas

A cada parto uma porta a cada porta uma parte se solta

Irene

Depois de rodopiar casa adentro sem paz nem descanso, há dias espremendo cravos no rosto, não escrevo desde o ano passado. O estado de represa não é exatamente um estado de repouso, mas de cheia e pressão. Estado de menstruação em atraso e amor contido, alguma farpa no pé doendo, os peitos inchando e enchendo sem que haja filho. Estorvo e não escrevo, não escrevo desde o ano passado. Se bem que o ano passou há pouco, pensei: palavras como filhos. Como eu queria escrever a história de um homem sentado na janela de um trem de Minas, de terno escuro de linho e óculos, olhando a menina moça que vende doce de leite em forminhas de empada. Ele olha pra ela e depois o foguista ganha uns peixes do rapaz que, um dia, vai se enamorar dela e casar. O rio corre ao largo sempre ralo e barrento. O homem de terno escuro olha, como eu gostaria de ter olhado, a estação e a menina, que nem percebe o rapaz que deu os peixes e mora na pensão. Marília talvez fosse o nome dela. Marília de vestido amarelo amaria na relva o rapaz, somente pra que eu pudesse compor o amarelo em Marília, ou o amor dos dois na relva. Caso pudesse suportar, caso não fosse eu essa represa de poros por onde tudo vaza aos pouquinhos, escorreria entre as mãos da mãe de Marília em casa, ao redor das crianças menores e limpas, tão limpas como o paninho bordado que forra a bandeja de doces. E o rapaz dos peixes eu o faria filho mais velho de uma mulher miúda e forte; eles se amariam, aquela mulher e seu filho mais velho. Quando ela morresse ele choraria enrolado no chão como uma cobra. E a ternura dos olhos da mãe fincando morada nos olhos dele. O homem de terno escuro me pergunta e agora? Ele quer saber pra onde eu vou levar essa gente e eu digo que essa gente me leva. A doçura do rapaz dos peixes me leva, o paninho bordado da bandeja de doces me leva, às tardes silenciosas quando bordávamos, minha avó e eu, na varanda que via o santuário. Me lembro do vento fresco e das agulhas furando o pano. Nossos planos miúdos e as roscas com café entre uma pausa e outra. A água molhando as rosas do jardim, a terra vermelha, e o silêncio, marcando tudo a ferro. Caladas, bordamos uma eternidade. Nos sabíamos irmãs, mesmo com o fosso do tempo entre nós, nos sabíamos em silêncio a bordar. Foi quando aprendi a pegar o silêncio com as mãos, enfiar no buraco da agulha e escrever. Tudo que escrevo desfio dessas tardes. Desvio dessas tardes. Escrevo a saudade dessas tardes. E um nó na garganta.

Marina

Marina do mar, sobrinha do velho mandingueiro, sabia dos mistérios das pedreiras que beijavam as águas na encosta da ilha onde nasceu. Mulher de meia-idade sem papas na língua e silhueta sinuosa, como as curvas ao redor do lago na cidade onde nasceu, Marina subia os morros sem árvores que se alastravam nos arredores da cidade onde nasceu. Marina encolhe as mãos como quem sabe demais. Marina esconde os pés como quem não pode mais sair dando pinta pelas esquinas. Marina sabe o que não se pode saber sem dizer e diz como quem não sabe o que diz. Mesmo porque nada do que diz Marina diz do que sabe Marina. Do mar Marina sabe, mas não pode. Das pedreiras e das mandingas Marina esconde entre os dentes. Marina às vezes range os dentes de tanto segredo. Segredos do onde e do sem carrega entre os peitos, onde as mulheres antigamente guardavam coisas. Entre os peitos Marina guarda o que não pára quieto. Marina guarda o que corre no corpo, que fica a olhar a parede do quarto caiado e miúdo. No peito e nas pernas e entre os dentes e nas mãos encolhidas guarda o que não. À noite, quando o silêncio acorda, ela faz pão. Ela pode fazer o que quiser com as mãos, mas ela prefere fazer pão porque pão ela come e dá aos outros pra comer. Marina dá de comer aos outros com o que guarda meio solto entre as mãos. São coisas sobre o que há e onde. Coisas que dizem do que sempre houve e nunca vai deixar de haver. Marina sabe o que a gente deve comer, tanto de noite quanto de dia. Um pouquinho do que arde na ponta da língua deve vir acompanhado pelo que suspira. De manhã ela dá às crianças a janela aberta, mesmo quando chove e molha tudo. Ela sempre molha tudo. Joga água no chão e nas paredes e põe todos debaixo da mangueira que jorra no quintal. Lava as camas e quase inunda os quartos. Todo mundo ajuda porque sempre foi assim e assim deve ser. Todo mundo sabe que Marina sabe alguma coisa a mais do que os outros mas ninguém sabe o quê. Tem dia que ela reza alto, tem dia que grita de raiva e horror, outros, fica na varanda como uma velha esperando a hora. Ou então desfalece na sala vendo televisão. No escuro parece que esquece de tudo que acumulou, desde que ganhou mania de guardar coisas. Guardou um homem acorrentado na cama acometido em desatino. E mulheres tristes da falta de marido. Guardou barquinhos de papel e a chuva que ninguém via escorrer. Na tarde que Marina via despencar entre os morros. Guardou a chuva como um céu líquido entre as mãos. E aprendeu a pegar o céu com as mãos sempre que chovia. E passou a passar o céu que escorria em tudo que gostava. Jogava céu pra cima. Respingava céu nas meninas. E ria porque ninguém sabia seu segredo. Marina cresceu de tantas coisas que guardava sabe deus onde cabia. Na garganta guardou um nó que desatou quando desandou a falar. O resto guardou fora de si, que era pra não perder. Agora que é grande Marina cata coisas que deixou espalhadas nas coisas. E traz tudo de volta pela garganta. Marina, não sei se já disse, Marina canta. Com uma vozinha miúda e firme vai perfilando pontaria. Como um soldado. Coisa por coisa ela atravessa. Com a voz. Às vezes alguém quer Marina e não encontra. Marina é morta de tanto ver. Parece que dorme. Mas ela sabe que não. Ultimamente deu de bordar. São risquinhos miúdos desenhados em linha fina. São todos iguais, eu disse, e ela respondeu: é porque você não sabe ver. Foi aí que ela começou a me ensinar. Não que eu tenha aprendido, mas principiei a gostar de passar a mão nas coisas pra saber delas. As paredes, por exemplo, as panelas e as árvores, as crianças pequenas, os livros. Antes de dormir passo as mãos sobre a cama. Ela diz que com as mãos você pode saber das coisas e se dar a conhecer pelas coisas. É como cumprimentar apertando a mão devagarinho. Desse jeito nem precisa olhar nos olhos pra ver a intenção da pessoa. Marina me diz pra eu não dizer dessas coisas. Diz que eu posso dizer de Marina porque Marina não vive mais. De morto se diz tudo, porque morto está morto. Vivo não, vivo nunca é o que se diz dele. E nem vale a pena dizer. Marina quer que eu fale de Marina. Ela me diz que devo dar voz como quem dá filhos. Quando um corpo dá filhos, ela diz, é porque alguma coisa quer falar. Filhos são vozes caladas que saem da mãe porque querem dizer. Marina quer falar sem nascer. Ela quer meu corpo emprestado. E eu dou. Confesso que gosto quando ela ganha. Aí eu cedo e descanso.

(Marina era uma mulher sem nome. Ela não tinha nome porque não tinha. Mesmo que a chamassem de Marina. Ter nome é ter um contorno de pessoa que possa caber, e ela não cabia. Marina era tudo que vazava pelas bordas e pelo meio. Desde sempre. Marina dançava. Nas tardes. Quando o vermelho do entre a noite e o dia invadia seu corpo ela se movia, indecente. Porque tudo que escorre é obsceno. E Marina escorria. Como os seres sem nome das beiras líquidas sem contorno. Então Marina se contornava naquilo que queriam que ela fosse. E foram tantas coisas estranhas à sua pessoa dispersa que nem mais se lembrava. Quando acordada, quero dizer, quando em acordo com algum sentido, ela mesma acreditava na composição provisória que se havia proposto. E obstinava um contorno que independesse de seu dispêndio cotidiano. E que fosse fácil. Ela que brotou no meio. Marina havia germinado no entre das coisas. Naquele lugar limite entre o sentido e a ausência. Entre o nome e o fluxo. Pessoas são características que se pretendem fixas. E ela mar. E vento. E árvore. E casa. E armas. E letras impressas no papel. Acho que no fundo gostava de escapar de tudo que quisesse comprometê-la. Ela se achava solta no ar contra aquilo que a impedia e a libertava e a vida parecia ser mesmo assim. Sem forma própria, a não ser a que as coisas adquiriam quando em contato com a vontade de fazê-las firmes e canônicas. Conceituais mesmo. Como pedras. Tijolos. Utensílios. Palavras, que no início palavras, mas depois prédios e configurações que se erguiam em direção daquilo que não poderiam jamais. Verter a vida em quadros. Como se neles coubesse. E nada mais. No entanto a força vibrante e alegre da vida pede passagem. Ei, ela disse. Existo aqui.)

Manoela

É sábado e é dia. As mulheres cantam antigas canções enquanto lavam roupa na beira do rio. Os homens tomam cachaça na esquina descalça. Como nunca, Manoela bate roupa na pedra. Cabocla de tronco largo e cintura fina, mulher de corpo teso e esguio, hoje não canta como as outras. Ela bate roupa na pedra. Bate muito e forte. Sem raiva nem cansaço, bate com força. Respira fundo e continua batendo. O som é ritmado e profundo.

Tudo parece igual. Um dia de sol à beira do rio. Mas aquelas mulheres sabem, todas já bateram as roupas assim um dia, que Manoela hoje é outra. Manoela hoje é Arminda, sua mãe, é Clementina, sua avó. Só não é sua bisavó porque sua bisavó, quando sofria, não lavava roupa no rio. Em silêncio, varava noite enrolando docinhos na mão, pra vender no armazém de alguma esquina pobre de Portugal.

O som estalado das roupas que Manoela batia interrompeu o curso da manhã. A manhã, que se fez no dorso do canto melódico das mulheres, foi atravessada por aquilo que atravessava Manoela. O som de Manoela não era melódico, era rítmico e surdo. Um som oco que invadiu a esquina descalça e calou a cachaça dos homens, calou o riso das crianças, calou o canto das mulheres. Manoela descansou seu braço nas coxas agachadas na areia do rio, recolheu suas roupas mais do que limpas e saiu. A cachaça e as crianças, o canto das mulheres, que de fato nunca havia parado, prosseguiram aliviados.

A noite cai deixando estrelas nas telhas. Manoela passa o café e olha. Ela olha as panelas areadas, penduradas no armário sem porta. Olha a mesa de madeira e os bancos. Olha o coador de pano escorrendo cheiro de manhã. E no espelho quebrado da cristaleira vê seu rosto. Manoela está sozinha e espera que os dias amanheçam. Espera que as tardes rebentem trazendo noites de muitas luas. Manoela tem no corpo duas luas: carrega a crescente no ventre e a minguante na alma. E espera sem pressa que seu corpo se arredonde em cheia, que sua alma à míngua seja outra vez nova e crescente. Manoela está sozinha e espera.

Maria fumaça

Maria, menina da vila, nunca havia visto o mar. Nunca havia varado as montanhas mais próximas, nem percorrera seus olhos mais que o arco do seu pequeno céu. Aparentada a vento, nunca chegava a lugar nenhum. Maria ventava nos lugares aonde ia. Conhecia a língua das juritis e sabiás, conhecia o rastro das capivaras e cotias, Maria adorava chuvas e temporais. Maria sabia de coisas tão pequenas...

A mãe de Maria, nascida índia entre os Nambikwara, ainda comia larvas e gafanhotos, às vezes dormia no chão puro olhando a lua. O pai não lembrava o nome de sua tribo. Nascido na vila dos padres, só trazia do passado algumas rezas e a paixão pelas procissões. Foi daí que tirou o nome Maria. A vila, assentada na beira do rio, era povoado ralo e alegre. Notícias de outros cantos chegavam por canoa.

Depois veio o barco de passageiros e de carga pelo leito do Tucunaré. O barco apitava dizendo que ia aportar, as crianças corriam pra ver, Maria nem ligava. Maria ventava pelas trilhas abertas na mata, pelos quintais e pés de goiaba e açaí, Maria nadava nos igarapés.

Um dia disseram que a locomotiva ia chegar a São Fidélis. Maria nem ouviu. Depois os homens fincaram o caminho de ferro cortando a mata. Maria ventou pro outro lado do rio. No dia que o trem chegou ela veio vestida com roupa de domingo, embora sem sapatos. Esperou duas horas junto com os outros. Viu o trem chegar com o vestido amassado e sujo. Quando o trem apontou ao longe, com os pés fincados na terra em corpo árvore, o coração de Maria disparou infinito cardume em água rasa. O peito se debatendo e Maria sem fôlego sem peito sem nada.

Ninguém sabe o que aconteceu com ela aquele dia, nem ela. O fato é que nunca mais ventou. Ela esqueceu os pássaros e a chuva, esqueceu os banhos de rio, esqueceu que havia juritis e sabiás. Foi ficando amuada e muda. Passava o dia na estação sentada num banquinho de madeira. Quando o trem apitava ao longe ela levantava, com o peito disparado olhava e olhava, até a partida, quando voltava a sentar no banquinho e esperava. Ninguém conseguiu tirar Maria dali. A vila cuidou que ficasse bem. Todos os dias levavam comida e água, no inverno cobertor. Fizeram pra ela uma casinha bem rente à estação, plantaram flores na janela. Maria não viu a cidade crescer, nem viu quando a mãe morreu e depois o pai. Não viu o cinema e os carros. Somente viu o trem. O peito aos poucos foi parando de disparar. No fim nem levantava quando o trem passava, só virava os olhos. A cidade chamava Maria de Maria Fumaça.

Um segundo desdobramento para Maria

Ninguém sabe o que aconteceu com ela aquele dia, nem ela. O fato é que desandou a dizer coisas tortas. Tinha por hábito mudar o nome das coisas. Chamava rio de ruído, passarinho de notícia, e fim de tarde precipício. Manoela, sua vizinha, era saudade. E locomotiva, pássaro ancorado em chão. Dia para ela era olho, e noite sensação. Dizia que os nomes revelavam o quieto das coisas. Às vezes falava horas sobre a força de corda que junta frangalhos em corpo, ou sobre a vida que é silêncio e luz. Chamava vento de abraço. Chamava árvore de endereço. Dizia que seu nome era estação.

Maria foi ganhando respeito de padre na vila, levavam recém-nascidos pra ela adivinhar o nome que dormia neles. Olhava a criança enquanto cantava. Dizia que o canto de todos os nomes invocava o nome do deus. Deus era todos os nomes. O homem uma palavra. Então Maria perguntava a todos os nomes qual a palavra que na criança se fez homem e batizava.

Maria às vezes ficava dias calada, escutando, ela dizia, depois ensinava coisas, como guardar os ossos dos mortos bem juntinhos, enrolados em um pano, dentro de uma cesta de palha. A palavra voltaria, um dia, a dar carne aos ossos. Ninguém podia comer carne, porque a carne dos bichos é parente da palavra que dá carne aos homens. Dizem que um dia parou de falar. Ninguém nunca mais ouviu uma palavra sair de sua boca. Ela só cantava. Um canto único, indecifrável e fluido como um rio. E morreu.

Outros, no entanto, contam que aos poucos foi criando raízes nos pés e asas nas mãos. Nem havia completado onze anos quando, numa tarde, se rebentou em duas: da cintura pra baixo virou árvore e da cintura pra cima passarinho.

Idalina

Nasceu quando o sol invernava
naquela montanha de estrangeiros
Filha de italiana troncuda e forte
com brasileiro que não sabia português
Idalina agasalhada em cueiros e carinho.

Vila Verde o nome da colônia plantada de café na encosta
e sobrados largos sem varanda.

Na cabeceira do rio a igreja. Um pouco abaixo o armazém,
pendurado de lingüiças e folhas de louro,
queijo de ralar e banha de porco.

Idalina cresceu em mimos e abraços
e promessa de um dia vestida de anjo
coroar Nossa Senhora.

No dia da Rainha ela iria.

A mãe coseu as asas e um longo vestido azul.
O pai comprou renda e sapato de verniz.
O padre que veio da Itália fez o altar e o andor.

Idalina aos sete anos mal conhecia doença.
Fora febre e espinho no pé jamais sofrera.
Todo mundo veio ver o anjinho subir.
Idalina seguia serena com a vela na mão
enquanto o coro cantava:
"a nós descei divina luz
em nossas almas acendei
o amor de Jesus".

Quando a vela ateou fogo nas asinhas
alguém gritou apavorado:
"Socorram a menina."
Idalina não se moveu.
O fogo alastrou pro vestido de seda.
Idalina ardia em chamas,
no alto, diante de toda a gente.

Em folha de bananeira seguiu de jipe pra cidade.
A mãe de Idalina nunca parou de repetir:
"Quando o carro fez a primeira curva
minha menina deu o último suspiro."

Soninha

Soninha era menina comum. Pequena de estatura e arredondada de rosto. Nem muito bonita, nem muito esperta, Soninha ria. Ria muito. Ria tanto que seu riso era motivo de riso da garotada. Um dia me disse que seu pai transava com sua irmã. Quando chegava bêbado em casa.

Mudei de escola, de amigos, de cidade. Muito tempo depois soube que Soninha tinha matado um homem.
Um senhor de meia-idade que ela diz ter tentado violentá-la.
Soube mais tarde que havia matado o segundo homem.
O carcereiro do presídio que tentou evitar sua fuga.
Nunca mais ouvi falar de Soninha.

Hermínia

Para Ana Claudia Gama Barreto

Na primeira gaveta Hermínia guardava alfinetes de cabeça, colchetes de pressão e de gancho, agulhas de mão e um dedal, que ganhou da avó morta e nunca aprendeu a usar, alguns botões de madrepérola e dois carretéis de linha. Isso do lado esquerdo, em uma caixinha de madeira branca com decalques de flores e renda; logo ao lado, uma tesoura grande e outra bem pequena. A maior, muito amolada, fazia os cortes mais difíceis. Eram cortes que demandavam rapidez, devido à intensidade da dor dada pela espessura, às vezes absurda, do que havia sido tecido, e agora morria em suas mãos, que ela nem sabia se eram suas ou de quem. A tesoura pequena, ao contrário, fazia cortes que mais aliviavam do que doíam, naquelas pontas que se arrastavam por descuido ou esquecimento.

Nas gavetas de baixo guardava tudo que foi um dia tecido, hoje não eram mais que roídos pedaços de cambraia, seda ou cetim. Possuía amostras esgarçadas de diferentes tessituras e formas de entrelaçamentos diversos, desde aqueles de trama extrema e delicada até os urdidos em fios grossos, intrincados de forma frouxa. A verdade é que conhecia como ninguém a arte da tecelagem, conhecia as diferentes formas de encontro entre o fio e a trama. Conhecia o tafetá, a cambraia de linho, o crepe de seda, o veludo, o cetim brocado, o algodão, a sarja, a viscose e tantos que nem sei.

O que diferia nos tecidos, segundo Hermínia, era a natureza do fio e a qualidade da trama. O fio tinha a marca do que havia, do que era dado, do inexorável e de deus. A trama, por outro lado, revelava a ordem humana, era o retrato da vontade do homem. Homem e deus brindavam no que era tecido, isso quando havia harmonia nas formas, quando havia beleza. A beleza nascia do consentimento silencioso entre o inexorável do fio e a nova ordem proposta pela trama. O feio era o que nunca chegava a um acordo. Quando o fio não se rende à trama, o resultado é um campo de batalha sem vitórias.

Hermínia costumava dizer que alguns tecidos são tecidos pela trama, outros pelo fio: os primeiros tecidos de um homem são forjados pela trama, o que significa o predomínio da força estimulada pelos túrgidos tecidos da pele jovem. Outros nascem do cansaço que às vezes aborta a trama, escravizada pela natureza do fio. A beleza é da maturidade que cultiva, quando a trama desiste de escravizar o fio e cede a seu abraço.

Logo cedo Hermínia abria a gaveta de baixo e tirava roídos pedaços do que o tempo esgarçou. Examinava enquanto costurava, cerzia, arrematava o que podia, o que não podia cortava bem rente e jogava fora. Sentada ao lado da janela larga e florida, guardava o vento no rosto. O corpo preso por um fio tênue permanecia centrado entre os eixos da terra. Ela conhecia sua trama, ela, que já havia passado e presente, ainda tramava seu quase nada de futuro. Naquela mulher que cerzia diante da janela com o vento no rosto, fio e trama eram um único e terno abraço.

Ana

Ela era linda. Tinha os olhos saltados e a boca rasgada como uma fenda macia e profunda, seus cabelos negros reluziam em sua pele branca. Ela era linda, e mesmo pequena ocupava todos os espaços. Ela reinava como um rapaz afeminado, como um pássaro molhado, como um tigre, um grande tigre ou dragão. Doce como o mel dos gozos, era frágil como os poetas e triste, profundamente triste, apesar da alegria rubra que escorria pelo eterno sorriso felino. Ela era grande, grande como são as estrelas, e até podia ser feia, e era, mas erguia as mãos quando fumava e os dedos caídos pediam aos deuses um espaço no Olimpo. Seus gestos diziam tanto que mesmo sem o maior encanto embriagava os homens e assustava as mulheres: umas lhe rendiam homenagens, enquanto outras faziam vudu e pregavam alfinetes em seu peito miúdo. Ela era linda e tão linda que um dia caiu de bruços e um brutamontes lhe comeu o cu.

Prosinha

É maio no Leblon uma família almoça sossegadamente. O pai de onde vejo é um tanto calvo e grisalho. Os filhos duas meninas moças que parecem bonitas. Uma bem magrinha e a outra quase passa da medida em gordura. São bem novas entre quinze e dezessete mais ou menos. Tem também um garoto de uns treze que vejo muito pouco. A mãe se senta sempre onde não consigo ver de minha janela. No centro da mesa pratos arrumados, talheres, copos. As mãos se servem e parece que conversam. Fecho os olhos e imagino o cheiro de carne assada ou quem sabe almôndegas de frango ou bife acebolado. No quarto ao lado uma senhora que nunca senta à mesa permanece em uma cadeira de balanço. Acho que não anda mais. Ela vê televisão. De vez em quando alguém se senta perto dela. À tardinha as meninas fazem os deveres de casa. Espalham cadernos e canetas e livros e lápis de cor. Estudam horas. Depois arrumam tudo e preparam a mesa para o lanche. O pai fuma na janela. Tudo isso porque é maio e uma vontade enorme de escrever me empurra e eu não tenho assunto. Mesmo porque não importa o assunto. É maio outra vez.

A palavra amor

"Não se pode viver o êxtase sem morrer.
Separaram-se por um motivo fútil, quase inventado.
Não queriam morrer de paixão."
Clarice Lispector

Palavras tortas

A Elisa Lucinda

Hoje perdi a graça da escrita.
Não existem mais vozes nem palavras limpas.
Hoje preciso de palavras tortas,
Como o pensamento afeito a farpas que me atordoa:
Não sei amar como toda a gente.
A solidão me empanturra e me fala.

Meu nome é palavra

A Stela do Patrocínio

I

Meu corpo derrama pelos cantos.
Meu corpo deita em tudo o que vê.
Meus olhos estão doendo.
Doentes de ver.
Meu nome é palavra.

Palavra não serve pra escrever cartas de amor.
Nem pra falar ao telefone.
Palavra não serve pra chorar.
Palavra só serve pra fazer poemas.
Meu nome é solidão.

II

Agora me bastam paredes e portas fechadas.
Mas são paredes largas e arejadas.
São quartos e quartos e cômodos espaços,
Com janelas que dão pra rua.

Escrevo um pouquinho depois deito.
Durmo um tanto e acordo.
Abro geladeira e frutas.
Depois me deito na sala
A contemplar paredes e objetos
Que foram se acumulando ao longo dos anos.

Fico ali entre paredes. Parada.
Feliz por não ter ninguém
Me dando nem pedindo nada.
Fico dias calada.
Calada absolutamente calada.
No silêncio cerimonioso que me preenche
Com o louvor da ausência de mim.

Queria ensinar o silêncio
Para uma pessoa que fosse.

Prosa patética

Nunca fui de ter inveja, mas de uns tempos pra cá tenho tido.
As mãos dadas dos amantes têm me tirado o sono.
Ontem desejei com toda força ser a moça do supermercado.
Aquela que fala do namorado com tanta ternura.
Mesmo das brigas ando tendo inveja.
Meu vizinho gritando com a mulher, na casa cheia de crianças,
sempre querendo, querendo.
Me disseram que solidão é sina e é pra sempre.
Confesso que gosto do espaço que é ser sozinho.
Essa extensão, largura, páramo, planura, planície, região.
No entanto, a soma das horas acorda sempre a lembrança
do hálito quente do outro. A voz, o viço.
Hoje andei como louca, quis gritar com a solidão,
expulsar de mim essa nossa senhora ciumenta.
Madona sedenta de versos. Mas tive medo.

Medo de que a solidão ao sair
levasse a imensidão onde me deito.
Ausência de espelhos que dissolve a falta,
a fraqueza, a preguiça. E me faz vento,
pedra, desembocadura, abotoadura e silêncio.
Tive medo de perder o estado de verso e vácuo,
onde tudo é grave e único.
E me mantive quieta e muda.
E mais do que nunca tive inveja.
Invejei quem tem vida reta,
quem não é poeta nem pensa essas coisas.
Quem simplesmente ama e é amado.
E lê jornal domingo.
Come pudim de leite e doce de abóbora.
A mulher que engravida porque gosta de criança.
Pra mim tudo encerra a gravidade prolixa das palavras:
madrugada, mãe, ônibus, olhos, desabrocham
em camadas de sentido
e ressoam como gongos ou sinos de igreja em meus ouvidos.
Escorro entre palavras, como quem navega um barco
sem remo. Um fluxo de líquidos. Um côncavo silêncio.
Clarice diz que sua função é cuidar do mundo.
E eu, que não sou Clarice nem nada, fui mal forjada,
não tenho bons modos nem berço.
Escrevo num tempo onde tudo já foi
falado, cantado, escrito

o que o silêncio pode me dizer que já não tenha sido dito?
Eu, cuja única função é lavar palavra suja,
nesse fim de século sem certeza?
Eu quero que a solidão me esqueça.

Sozinha

A solidão é uma solução muito sozinha.
A solidão é uma solução sozinha.
A solidão não é uma solução
Só minha.
A solidão não é só minha.
A solidão não é sozinha.

Carta

Meus olhos sujos de areia não dormem
desde o dia em que acordei sem sono de madrugada e pensei:
eu pensei que a tempestade tivesse passado.
Eu pensei que um barco tivesse chegado
pra me levar pra algum lugar distante.
Eu pensei que a noite acordaria por um tempo
e meu medo dormiria.
Eu pensei que meus olhos pudessem ver sem tanta dor,
e o vento soprando não arrancaria mais
a roupa de todas as coisas.
E um som suave sairia de minha boca,
como um sopro de cura. Um sopro de manhã.
E meu peito não mais medo, não mais pedra, não mais triste.
E meu peito chuva e meu medo rio nascente.
Meus olhos de areia não dormem há dias,

em tempestades que não coagulam.
Onde nem barcos passando, nem sopros suaves,
a abraçar meu corpo sem manhãs.
Eu naveguei em suas palavras sem remo.
Eu naveguei em suas palavras.

Víbora ou vespa

Nem sempre atrás de uma palavra tem um corpo.
Nem tudo que reluz é vaga-lume.
Nem tudo que pensa é gente.
Nem tem tanta gente assim no mundo.
Nem tudo que se vê se vive.
Nem toda sorte é sinal de sossego.
E nem tudo que vibra é víbora ou vespa.

Luz acesa

Não deixe a luz acesa quando for embora não
Deixe a luz acesa quando for
Embora
Não deixe a luz
Acesa quando for embora

Essa luz em meus olhos acesa essa luz
Acesa em meus olhos não deixe
Essa luz acesa
Quando for embora

A bendizer

A Rubem Braga

Porque você não bendisse o dia
em que minha mãe conheceu meu pai
na estação de trem de uma cidadezinha do interior.
Porque você não bendisse o que ela trouxe
e o que ele arrastou com ele
quando saíram de cidade em cidade
procurando um futuro.
Porque você não bendisse meus pés e meus medos
e tudo que trago comigo:
a estação de trem que eu nem conheci,
a luz acesa e a mesa posta,
mangas rosas e figos maduros.
Porque você não bendisse o tempo,
eu detesto sua boca macia,
detesto sua cama quente,

seu rádio am e esse amor.
Detesto sua voz que eu adoro,
detesto tudo que eu adoro em você,
porque eu bendisse tudo em você.
Eu bendisse esse amor reciclado,
esse amontoado de gestos colados,
bendisse esses restos.
Porque eu bendisse os riscos,
eu detesto seus olhos quando me procuram
na multidão dos bares,
as coisas bonitas que você diz,
eu detesto sua mão na minha.

A palavra amor

Quando aquela voz suave saiu pelo fio do telefone
a muralha do verbo desabrochou em ternura.

Ternura entorpece porque esquece os desatinos da sorte,
como o dia que um dia deixou de acordar
confinado em anos sem luz,
como a noite que morou sabe deus quanto tempo
em meu corpo.

Hoje que acordo com o sol esquentando meus pés,
agora que pavoneio pelas ruas
na áurea glória do burburinho das feiras,
essa voz ao telefone me invade de ternura.

Ternura em hora errada afoga mais que ciúme ou saudade.

Com faca amolada nos dias estancados de ausência e exílio.
esquartejei a continuidade bíblica
desse laço que chamam amor.

Amor

É alto-falante
Laço de fita
Vaso de vidro
Óculos de grau

Um bonde
Uma enchente
Uma esteira

Febre alavanca inundação
Gangorra e gangrena

Amor são palavras cruzadas

Ternura

É uma frase mágica que abre portas
Um desentupidor de pia e de nariz
Ternura é um raio x
Um habeas corpus
Um alvará de funcionamento
A hora em que o sol eclode
O acorde que o galo canta
Ternura é o silêncio de cura que dorme nas folhas das plantas

Outra carta

Eu não sei se por esse vento frio entrando pela janela.
Ou quem sabe por esse vento frio entrando pela janela.
Ou mesmo por esse aconchego de meias e lãs
E esse vento frio entrando pela janela.
Ou por qualquer que seja o que for eu quero te contar:
Todos os passos que dei um a um,
E todas as coisas que passaram,
E tudo que foi se misturando ao que eu era.
Pra você ir sabendo o que sou
posso cantar cada música que ouvi.
E cada livro, cada bula de remédio, cada rosto.
Cada tostão emprestado, cada choro.
Os avisos e as ruas, os andaimes, as manchetes,
os incêndios, os sinais.
Todas as manhãs. Todos os dias santos.

Tudo que me atravessou eu quero te contar.
O corpo que ganhei nesses anos.
Os fios e as falhas, a voz, o avesso, o tempero e a calma.
Quero te contar o silêncio alcançado à custa de guerras.
E as terras que plantei. E os temporais.
Os temporais e os nós na garganta.
É maio e eu morro de vergonha de falar de amor.
Mas esse vinho quem sabe veio aos verbos mostrar
que eu preciso de sua boca, seu cabelo, seu cheiro e sua mão.
Eu não sou só verso.
Sou um corpo em lençóis de pele a te vestir como luva.
Meu corpo a te vestir como luva.
Embriagada de vento e vinho penso na morte.
E no seu pau duro.

Fome

De todas as palavras que trago gravadas na pele
Amor é a que me assalta de madrugada.
O amor tem fome, muita fome.
Meu corpo são bocas abertas.
A madrugada me atravessa.

Mais uma carta

Queria te escrever uma carta singela
que fosse como um vento de outono no rosto,
mas sou feita de verbos e os verbos são duros.
Dizer não diria nada do que quero dizer,
mas palavras presas me roem a alma.
Hoje acordei com aquela dor no peito.
Aquela dor de nada.
Os dias sucedem um ao outro e o instante não muda.
Circunferência de tempo parado que mais parece uma porta.
E eu cabeça batendo nos muros do momento.
Hoje acordei mais cedo pra me ver acordar.
No entanto eu continuo dormindo.
Um desdobramento se opera na parte posterior
de minha cabeça cansada.
Me perdoa a enxurrada.

Perdoa por isso que eu não tenho culpa.
Eu não tenho nada.
Além do côncavo retorno dos seus olhos
em meu espelho. Sopro quente onde me deito.
Me perdoa se não me dou ao direito.

Memória

Os dias seguiram noite
Mas a saia curta de tergal
Os desejos sob a blusa fina
Os homens mais velhos na esquina me olhando
Ainda retornam em torvelinho.

O peito apertado em desatino
A noite um grande intervalo
Meu colo esparramado pelo chão da sala
Carrego ainda hoje

O silêncio da noite no corpo
E um desejo rebento sob a blusa.

Destino de saúva

Sempre sonhei com formigas,
Os montinhos de areia em farelo,
Processões em fileira escura,
Formigas aladas tanajura.

Nunca soube cantar direito.
Tive destino de saúva.
Mas não gosto de formigueiros.
Sofro desmaios em multidões.

A palavra morte e outras vozes

Vesúvio de verbos

Ouço vozes. Vês?
Ouço vespas
Vestígios de véspera
Vesúvio de verbos e vírgulas
Versos vesgos me atravessam

Sangria

Acordei com a alma na mão.
Uma sangria escorria entre dedos.
Com o polegar fiz pressão contra o corte
Que engoliu meu dia.

Retrato

A Adélia Prado

A professora do ginásio era negra.
Minha amiga Gilda também.
Meu amor à primeira vista tinha sardas no corpo
E ascendência chinesa.
Nossa casa via o mar da varanda.
Depois o mar mudou de endereço.
Fomos arrastados pela correnteza.
Outro dia um homem me chamou de senhora.
Sentei na calçada e virei a vida ao avesso.
Havia um vento silencioso entre minha avó e eu
Na varanda que dava pro santuário.
Aos sábados fazia unhas e sobrancelhas.
Tinha de pedir pra sair.
A morte veio sombria e me partiu pra sempre.

Pássaro morto

Eu sou um lago rasgado por chuvas que eu pedi
As calças tinham bainha larga pra quando crescesse
O véu no rosto na hora da missa era bonito
Nos beijávamos meninas sob o cobertor

Eu sou um lago rompido por chuvas que eu pedi
Um crepúsculo mora dentro do meu peito
Ao meio-dia ele arde a pino
Noites sem ave-maria desmoronam sobre a cidade

Eu sou um lago vazado por chuvas que eu pedi
Um pássaro atropelado por um carro e eu abismo
A luz acesa e a mesa posta
A caixa-d'água da estação de um trem que não vinha

O doce de leite proibido
Mangas rosas e figos maduros

Eu sou um lago rasgado por chuvas que eu pedi
O azul do céu não cabe no corpo
Eu tenho uma prima Vera e um tio morto
Um pássaro mudo diante de outro pássaro morto

A palavra morte

Para Cristina

Eu engoli o sapo lâmina de sua ausência.
Eu engoli a faca o relógio a bala.
Eu engoli a morte sem fome.
Cristina sem fome.

O Rio continua descalço e bonito
Mesmo sem sua delicadeza e bom gosto.
O Rio continua Cristina
O rio continua
Bonito.

Confesso que vivo

Nos andaimes e armarinhos em que equilibro
batons em cordas bambas,
Guardo lições de acrobacia e bijuterias
nem sempre somente acessório;
São máscaras sombrinhas do equilíbrio instável de viver.
Entre bambas e bumbas abraço o samba como você.
Confesso que vivo. Confesso no açoite da noite intervalo.
A noite um grande intervalo onde nem mesmo
a corda é bamba.
Na noite não há corda. Na noite não há nada. Despenco.
Até que a clara alva manhã se inicia. Então acordo e me visto
De cosméticos. Confesso que vivo
Numa corda um bumba sem boi um samba.
Um passo antes sem ritmo agora acorde.
Acordo e desando a dizer palavras verbo e me calo,

Pois que degusto a lebre do tempo intervalo, posto que vivo.
Os verbos são duros por isso o abraço ao samba.
E vivo a melodia das sombrinhas em cordas bambas.
Entre acordes ela acorda. Eu sou ela e nem sei onde ela anda.
Mas confesso que vivo. Na fanfarra proteção do divino samba
Que pode ser deus (se deus existe é ritmo).
Num átimo me atiro e sei que estou morrendo.
Mas confesso que vivo.

A vida ao avesso não tem fundo nem fim

Este livro foi composto no tipo The Sans Light em corpo 10/17 e impresso em papel Pólen 90 g/m² no sistema Cameron da Divisão Gráfica da Distribuidora Record.